늠름한 허름

양광모 신작 시집

늠름한 허름

푸른길

시인의 말

열아홉 번째 신작 시집이다.

깊은 아쉬움과 소소한 보람 속에
마지막 십 대 시절을 떠나보내며
보다 성숙할 스물을 기대해본다.

시를 쓰기 시작한 후로
속초, 양양, 목포, 순천, 사천을 거쳐
지난 가을 포항으로 흘러들었다.
모든 게 한 줄기 흐르는 물의 일만 같은데…

시여, 삶이여,
마지막 바다에 이를 때까지 청빈淸貧하자.

2025년 1월
양광모

차례

II. 막차나 놓치며 살아야겠다

Ⅲ. 새는 알 속에서 기다린다

I

미처 안아주지 못한 슬픔이 있다

풀씨

이름은 없어요
성姓은 풀

바람이 시작할 곳을 결정하지만
아스팔트도 두렵진 않아요

모두가 꽃이 될 필요는 없잖아요
나는 녹색의 피리를 불 거니까요

길을 걷다 나를 보면 손을 흔들어줘요
나도 당신의 삶을 응원할 테니

그래요, 난 준비됐어요

그래요, 난 가려워요
무언가 돋아나는 중이죠
반드시 꽃이길 바라는 건 아니에요
가시가 오히려 긴 날을 함께하는 걸요
바람에도 부러지지 않고
불온한 손길에서 나를 지켜주며

그럴까요? 설마 그것이
날개일까요? 겨드랑이가 아닌데도?

그래요, 난 간지러워요
삶이 왼쪽 발바닥을,
죽음이 오른쪽 발바닥을,
꽃잎과 깃털로, 머리카락과 수염으로,
손가락으로, 긴 혀로,
열망과 허무로, 영원과 우주로,
마침내 내가 중립적인 웃음을 터뜨릴 때까지!

그래요, 난 준비됐어요
어쩌면 한 마리 새가
미지의 세상으로부터 건너와
태양을 향해 날아오르기 위해
조각조각 깨지고 부서져야 하는 알일지라도

뿌리 1

어둠 속을 기어다니는 일
쉽기야 했겠어요

몇 방울 물을 찾아
멀리, 깊게 가야 했지요

당신도 알고 있을 거예요

이따금 땅 위로 올라와
나의 꽃, 나의 우듬지를 바라보는 기쁨을

그들을 위해
내가 바위도 부숴버릴 수 있다는 것을

뿌리 2

나는 너무 멀리 왔구나
꽃의 안부도 잊은 채
우듬지의 약속도 버려둔 채
저 흙을 뚫고 올라가면
목숨 있는 것들이 물속을
헤엄치고 하늘을 날아다니는
신화의 세계가 있다는데
나는 등을 돌려 너무 깊이 왔구나
콘크리트처럼 굳어진 어둠으로 호흡하며
열 갈래 백 갈래 몸을 찢어서라도
대지의 마른 젖을 짜내겠다고
나는 다시 오래 가겠구나
뿌리의 뿌리를 질기게 뻗어가겠구나

그림자

불온한 동물이다
길어졌다 작아졌다
짙어졌다 옅어졌다
바닥에서 벽을 향해 기어오르고
벽에서 내려와 땅에 눕는다

태양을 향해 걸어갈 때는
슬쩍 뒤꽁무니를 빼고
비바람 눈보라의 날에는
모습조차 보이질 않는다

슬픈 식물이다
뿌리도 없어
일생을 발에 묶여 질질 끌려다닌다

그러나 세상 어디선가는
그의 검은 옷을 벗기고
푸른 외투와 노란 모자를 신겨주는
젊은 화가들이 있으리니

불멸의 그림이다

숲숲

숲이 나눠져
수풀이 되는 것인지

수풀이 모여
숲이 되는 것인지

그쯤이야 숲에서는
풀 한 포기 정도의 생각거리겠으나

우리네 사람들
숲과 숲처럼 모여 숲숲이 됐으면

내 영혼
숲숲했으면

가을의 기도

어머니,
다시 나를 낳아주세요

지금 나무들은 헌 옷에 칠을 하며
가지마다 금과 불을 매달고 있습니다
이제 곧 하늘에서
은빛 구슬들이
차갑게 쏟아져 내릴 것을 아는 까닭입니다

빗방울은 태양을 피해 달아납니다
그러나 마침내 바다에 이르렀을 때
하늘로 돌아가기 위해서는
자신의 몸을 태양에 불태워야만 할 것입니다

어머니,
다시 나를 최초의 아기로 낳아주세요

당신과 사람들에게 기쁨을 주었던
나의 울음을 다시 울 수 있도록
그 이후의 모든 것들을 벗고
다시 알몸으로 돌아갈 수 있도록

가을

가을은 교사,
불과 황금에 대해 가르치지
그들이 얼마나 위험한 천국인지
시와 사랑, 그 이상으로

가을은 가르치지
뿌리에서 우듬지까지의 거리를
가장 빠른 길과
가장 눈부신 길을
새들이 둥지를 요구할 때
어떻게 그들을 대해야 하는지
나무가 잎을 떠나보낼 때 부르는
이별의 노래를
낙엽의 마지막 인사말을
땅에 떨어지기 전까지 추는 춤의
스텝과 박자를
천천히 천천히 빠르게 점점 빠르게 쏜살같이

가을은 또 가르치지
한 송이 코스모스에는 몇 개의 우주가 들어 있는지
별들의 강, 은하수의 발원지는 어디인지
미소는 어떤 씨앗에서 피어나는 꽃인지

인류의 수명은 몇 살인지

가장 어리석은 제자인 우리가
눈을 마주치지 않으려
딴청을 부릴 때
가을은 껄껄 웃음을 터뜨리며 말하지

기억하렴,
다음 스승은 차갑고 엄하다는 걸,
그는 얼음으로 만들어진 회초리를
손에 쥐고 오리니

나는 침묵으로 말한다

나는 침묵으로 말한다
세상은 이미 말들로 가득 찬 마구간이므로
마음을 여는 열쇠가 반드시 언어만은 아닐 것이기에
결국 문장들은 내게로 다시 돌아올 테니까

나는 침묵을 듣는다
입이 없는 것들의 슬픔을
입술을 굳게 다문 것들의 분노를
태양과 별들의 무음의 행진을
우주에 울려 퍼지는 고요를
신의 목소리를

나는 침묵한다
사람들이 그들의 목소리를
더 잘 들을 수 있도록
그리고 나 또한 내 자신의 목소리를
더 잘 들을 수 있도록

오직 침묵 속에서만 들을 수 있는

바위

바위는 마음이 아팠던 것이다
어느 날 솔씨 하나 바람에 날아와
똑똑 문을 두드렸을 때
그는 모른 척 외면하고 싶었던 것이다
내 몸 하나 간수하기 어려운 세상
선뜻 방 한 칸 내어주기란
너무나 두려웠던 것이다
함께 산다는 건
소나무의 뿌리가
몸 안으로 파고드는 일을
허락하는 것이기에
바위는 아무 약속도 할 수 없었던 것이다
그러나 바위는
한 걸음 더 생각했던 것이다
오죽하면 나한테까지 찾아왔겠느냐고
여기서 쫓기면 더 이상 갈 곳도 없을 게라고
몸이야 조금 상하겠지만
나무 한 그루 키우는 일도
회색 바위의 일생 치고는 푸르지 않겠느냐고

절망

한밤중에 찾아왔지

불쑥 문을 열고 들어와
거실 소파에 거만하게 앉았네

너는 누구인가?
나는 절망이다, 네가 늘 겪는

나는 한 번도 너를 겪은 적 없는데?
거짓말쟁이! 너는 지난 밤에도 울며 소리 지르지 않았던가!

저런, 그것은 사랑이었네, 나의 영혼, 나의 삶, 내가 살아가는 세상에 대한,

한 줌 먼지로 변해 그는 사라져버렸네
오, 물론 언제고 다시 불쑥 찾아오겠으나

필우연

이상하지,

이 많은 우연은 어떤 필연들이 만든 걸까
그리고 이 많은 필연은 어떤 우연들이 만든 걸까

내가 이 시를 쓰고
당신이 이 시집을 읽는 건
정말 우연에 불과한 일일까
일체의 필연이 단 하나도 개입하지 않은

만약 그것이 필연이라면
모든 우연은 우연이 아닐 텐데

내가 기차를 탄 일,
창 밖을 내다봤을 때 문득 이 생각이 떠오른 일,
그냥 잊어버렸을 수도 있는데
무언가에 이끌려 급히 휴대폰에 적어나간 일,
집에 돌아와 노트북을 꺼내
시집 원고에 옮긴 일,
시집이 출간된 일,

이십일 세기의 어느 날
당신이 서점으로 걸어들어온 일,
이런저런 책을 뒤적거리다
이 시집을 손에 쥔 일,
이 페이지를 펼쳐들고
이 시를 읽는 일,

혹시 세상에는 필연과 우연만이 아닌
그 중간쯤의 사건들도 존재하는 건 아닐까
이를테면 '필우연'
필연도 아니고 우연도 아니지만
필연이자 우연인, 우연이며 필연인

필연이라기엔 자유 의지를 잃을 것 같고
우연이라기엔 생의 의미를 잃을 것 같으니
그 중간쯤에 신이 만들어놓은
필우연이 존재하는 건 아닐까

어쩌면 지금 나와 당신 사이에도
긁고 가는, 반드시와 어쩌면의
필우연 하나 맺어져 있는 건 아닐런지

이봐요,
거기 그 줄 좀 흔들어봐 주지 않겠어요

벽

벽에 부딪혔다 생각될 때
벽을 너무 벽으로만 바라보는 건 아닌지

등을 기대고 쉬었다 가라는
담일 수도 있는데

욕망의 옷가지들을 벗어 걸어두라는
옷걸이일 수도 있는데

면벽수행을 하라는
인생 최대의 기회일 수도 있는데

따지고 보면
하늘까지 막는 벽은 없는데

굳이 따지려 들면
하늘도 결국 하나의 벽인데

그러니 나는 또 누군가의
벽이 되어 살고 있는 건 아닌지

벽에 부딪쳤다 생각될 때
내가 내 인생에 가장 두껍고 높은 벽은 아닌지

감자탕

삶이 시큰시큰하거나
궁시렁거리는 날의 만병통치약인데

개뿔 쥐뿔
탓하지 말라고

뼈대가 없어도
주인공이 될 수 있다고

가지가 아닌 뿌리로도 열매를 맺을 수 있으니
악착같이 질기게 쭉쭉 뻗어나가라고

감자야,
네 몸이 뿜어내는
뽀얀 김이 바로 그런 말이지?

돼지등뼈도 네 앞에서는
뼈도 못 추린다고

곰탕

곰은

꿀처럼 달콤한, 그렇지만 바위처럼 단단한 생각에
대지를 새처럼 날아올라
별들이 서로 힘을 합쳐 흐르는
강으로 뛰어들었지

일곱 개의 별과 공모해
간격과 근원, 질문을 바꿨지

길을 내고
사랑하고
기도와 소망에 빛을 던져주었지

두 발로 일어서 우주의 끝까지 표효했지

우윳빛 강물 한 그릇 앞에 놓고
지구의 골방에
인류의 구성원 하나 앉아 있지

곰은 어디로 갔을까, 늙은 여우의 눈빛을 굴리며
숟가락으로 휘휘 젓고 있지

바닥에 가라앉은 별이
떠오를 수도 있지 않겠느냐며

허기를 떠먹고 있지, 시간에 떠먹히고 있지

쑥과 마늘에 관한 우화지

수제비

제비야,
박씨를 물고 오렴

그 박을 켜면
어머니가 끓여주신
수제비가 들어 있겠지

국물 한 방울 남김없이
바닥까지 모두 비우고
그 옛적 아이로 돌아가
작은 조약돌로 물수제비를 뜨면

파문처럼 파문처럼
저 멀리 어머니 계신 곳까지

보고 싶어요, 눈물 퍼지겠지

연蓮

어찌 진흙 속에 뿌리를 내렸나

그보다 더 가슴
서늘하게 만드는 건
제 몸 뒤집어
화살처럼 떨어지는 빗방울을 받아내는 일

저기 우리네 어머니들
정한수 한 그릇씩 가득 담아
비나이다 비나이다
가냘픈 기도를 드리는데

사람아,
네가 꽃인 것이
네가 꽃으로 살아야만 하는 까닭이
바로 그런 연緣이다

목련, 흰 불이려는가

태어날 때부터 상복이더니
사흘 만에 질끈 몸을 던진다

아이들아,
겨울을 우는 아이들아

목련이 죽어야 목련이 살거늘,

너희가 기꺼이
목련의 상주를 꿈꾸려는가

검은 밤에도 흰 불이려는가

등에 져야 하는 것이다

등지는 것이 아니라
등에 져야 하는 것이다

우정이 무거워졌을 때
차갑게 등지지 말고
기꺼이 등에 져야 하는 것이다

사랑이 멀어져갈 때
똑같이 등지지 말고
묵묵히 추억과 기도를 등에 져야 하는 것이다

슬픔과 고통,
이별과 상처,
등 돌려 외면하고 싶은 모든 삶의 순간들마다,

햇살을 등지는 게 아니라
햇살을 등에 업고 걸어가듯

자신의 등에 햇살을 져야 하는 것이다
오직 햇살만을 등에 지고 걸어가야 하는 것이다

적들에게

가난은 지긋지긋한 것
질병의 고통, 거듭되는 불운, 사람으로 인한 상처는 징글징글한 것

시인이여, 철학자여, 조언자들이여,

더 낮은 곳을 쳐다보거나
모두 다 지나간다, 말하지 마라
그것은 모두 사탕발림일 뿐
그 속에 더욱 독하고 쓴 즙이 가득 차 있는

사람들이여,
세상이라는 전쟁터, 인생이라는 전투에서
우리에게 주어진 선택의 여지는 없으니

오직 한 가지뿐,
적들에게 겁먹은 표정을 보여줄 것인가
아니면 싱긋 미소를 보여줄 것인가

누가 이별하기 위해 사랑하겠는가

누가 넘어지기 위해 일어서겠는가
누가 추락하기 위해 비상하겠는가
누가 지기 위해 피어나겠는가

그러나 우리는 종종 그리해야 하느니
운명이 아니라
운명을 대하는 우리의 태도가
얼마나 가치 있는 인생을 살았는지 결정하는 것

누가 실패하기 위해 기꺼이 도전하는가
누가 이별하기 위해 기꺼이 사랑하는가
누가 죽음을 위해 기꺼이 사는가

미처 안아주지 못한 슬픔이 있다

미처 안아주지 못한 슬픔이 있다
화를 내며 소리를 지르고
빨리 떠나라, 등을 떠밀던
슬픔이 있다

구석에 쪼그리고 앉아 훌쩍이는데
눈길 한 번 주지 않고
손을 들고 있으라, 벌을 주던
슬픔이 있다

그의 책임이 아니었는데
그가 나를 더욱 강하게 만들었는데
그로 인해 보다 겸손해졌는데
미처 눈물을 닦아주지 못한 슬픔이 있다

그들이 내 인생의 징검다리였는데
그들이 가장 헌신적인 보모였는데
세상의 빛과 그늘을 이해할 수 있는 인간으로
그들이 나를 키워주었는데

나를 가장 사랑한 것은 나였다

나를 가장 미워한 것은 나였다
나를 가장 많이 버린 것은 나였고
나를 가장 멀리 떠난 것도 나였다

이제 여름은 태양의 연극을 끝냈고
지금은 채색의 시간,
나는 나의 몸을 붓으로 삼아
세상을 칠하리라
영원과 모순의 색, 평화와 고독의 색, 파랑을

나에게 가장 큰 나무는 나였다
나에게 가장 높이 나는 새는 나였고
나를 가장 사랑한 것은 나였다

생이여, 보다 싱싱한 파랑으로
가을의 막을 올리자

힘을 내보자

샘물이 아니라
우물 같은 거야

늘 졸졸 솟아오를 순 없지
다시 차오르길 기다릴 줄도 알아야 해

잠깐 멈춰서서
땅을 향해 귀를 기울여봐
개미들의 함성이 들려올 테니

힘을 내자!
힘을 내보자!

힘이 든다는 것

힘이 든다는 것,
그것은 힘이 된다는 것

살아 있는 힘이
살아가는 힘이 되고
살아가는 힘이
살아내는 힘이 된다는 것

힘이 든다는 것,
그것은 힘이 들어올린다는 것

지쳐 주저앉은 몸을
바닥에서 들어올리고
꿈을 향해 날아갈 수 있도록
창공으로 들어올린다는 것

힘이 든다는 것,
그것은 삶이 텅 비어 있지는 않다는 것
어쩌면 아주 꽉꽉 알차게 들어차 있다는 것

잊지 마

지구의 반은
언제나 밤이라는 것을

달의 반은
죽을 때까지 보지 못한다는 것을

물과 불을 반으로 나누면
두 개의 물과 불이 된다는 것을

사랑의 반은 이별이지만
사람의 반은 사랑이고

세상의 반은 거짓이지만
인생의 반은 기도라는 것을

잊지 마
사람에게는 두 개의 심장이 있다는 것을

반은 나를 위해 뛰고
반은 다른 생명을 위해 뛸 수 있다는 것을

주의주의注意主義

주의를 주의할 것

절대주의 상대주의
물질주의 이상주의
공산주의 자본주의 사회주의
국수주의 민족주의 국가주의 전쟁주의 평화주의
원칙주의 타협주의
도덕주의 법률주의
자기중심주의 이기주의 배타주의 허무주의

한 번 빠지면 주위는 살피지도 않고
오직 왕으로만 군림하려 드는
저 이념의 개들을 주의할 것

그들의 이빨에 물려 살점이 뜯기지 않도록
오직 하나만 믿고 따를 것

주의주의注意主義

아직 살아 있다

바닷가에 서서
수평선을 바라보며 힘껏 소리친다
아직 살아 있어, 나 아직 살아 있다

만약 당신도 그렇게 하고 싶다면
그런데 안타깝게도 멀리 갈 수 없다면
마음속에 높은 산 하나 그려놓고
그 꼭대기에 올라가 소리쳐라
아직 살아 있어, 나 아직 살아 있다

동굴도 나쁘지 않으리라
더 크게, 더 깊은 목소리로 울려 퍼질 테니까
어쩌면 신의 귀에까지 닿을지도

아직 살아 있어, 나 아직 살아 있다

나는 수평선을 사랑했네

나는 수평선을 사랑했네

일자一字의 장문을
이분법의 쾌활을
끝없이 후퇴하는 한계를
하늘과 바다의 입맞춤을 사랑했네

활시위처럼 힘껏 잡아당겨
나를 쏘아 보내고 싶었네
수평선 위에 누워
수평선이 되어
먼 길을 흘러온 것들을
한없이 가득 담아주고 싶었네

그래서 나 지금 힘껏 만들고 있네
하늘을, 바다를,
수평선의 부모들을, 내 영혼의 스승들을

해에게 묻다

해여, 네가 얼마나
깊은 슬픔을 겪은 후에야
비로소 동쪽으로 한 번 지겠느냐

해여, 네가 얼마나
큰 기쁨을 얻은 후에야
마침내 서쪽에서 한 번 떠오르겠느냐

비바람, 눈보라, 안개, 어둠,
푸른 하늘, 흰 구름, 눈부신 햇살, 맑은 이슬,

사람아, 우리가 얼마나
숱한 날들을 웃고 울어본 후에야
해 뜨듯 해 지듯 살아보겠느냐

수십억 년
동에서 서로만 가듯
삶에서 죽음까지 묵묵하며
시작처럼 끝도 붉겠느냐
시작보다 끝이 더 붉겠느냐

섞여 있겠지

맑은 공기와 탁한 공기
깨끗한 물과 더러운 물
사랑과 증오
미소와 눈물
친구와 적
전쟁과 평화
그리고 가난과 풍요

섞여 있겠지
조화롭고 어지럽게, 어지럽고 조화롭게

물과 불, 흙과 공기를 섞어 만든 인간
죽음과 섞여 있는 삶
흙과 섞이는 죽음

우주는 계속 팽창하고
별들은 점점 멀어져도
여전히 섞여 있겠지

지구와 달과 태양,
별과 별,
중력과 만유인력과 블랙홀,

조화롭고 어지럽게, 어지럽고 조화롭게

모두 한 주머니 속에서
신의 발걸음마다 흔들리며

최악의 인류

나는 세상의 모든 강을 건넜지
명성과 사랑, 안식을 위해
패배와 불면으로부터 벗어나려
달콤하게, 씁쓸하게, 유구히 흐르는 물결을 헤치고
마침내 이편에 도착했지
그런데 여기 바다가 있군
푸른 빛을 띠고 있지만 누가 알리
그 속에 상어가 몇 마리나 헤엄치고 있는지
우리 수수께끼 하나 풀어볼까
내가 최상의 인간이 아니듯 신도
최상의 신은 아닌 걸까, 다시 말해,
우리에게 그럴 자격이 있느냐의 문제
어쩌면 우리가 최악의 인류는 아닐지에 관한
자, 인간은 문제를 해결하는 존재가 아니라
문제를 일으키는 존재니
대답은 미뤄두고 바다를 건너보세
상어가 몇 마리 있겠지만 누가 알리
이 바다를 건너면
그곳에 금빛 모래가 깔린 해변이 있을지
알몸으로 누워 우주에서 건너오는 햇살을 즐길 수 있을지

우리 스스로

신은 바빠요

아침이면 태양을

산이나 바다에서 떠오르게 하고

밤이면 달의 모습을

어제와 다르게 조금씩 바꿔줘야 해요

봄이면 씨앗들이 흙을 뚫고 자라도록

비를 뿌려줘야 하고

가을이면 나무들이 잎을 떨구기 전

여러 색깔의 물감을 칠해줘야 해요

남반구와 북반구는

여름과 겨울이 정반대니 얼마나 신경 쓰이겠어요

그리고 끊이지 않는 전쟁, 재난, 질병, 가난…

지구에는 또 얼마나 많은 교회, 절, 성당, 사원들이 있는지요

그 모든 곳에서 애타게 들려오는 간절한 기도들

그러니 우리 스스로 뭔가를 해야 하지 않겠어요

아침을 굶은 아이, 불치병에 걸린 젊은이, 홀로 사는 노인, 화재로 집을 잃은 이웃, 인류에 의해 터전과 생명을 위협 받는 동식물들…

신은 바빠요, 인류의 잘못을 뒤치다꺼리하느라,

그러니 우리 스스로 지금 뭔가를 해야 하지 않겠어요

신의 얼굴을

인간은 여러 가지 모습의
얼굴을 동시에 지니고 있다는군요
당신에게 권해요
북치는 소년, 의사, 가수의 얼굴을
삶의 전쟁터로 그대가 향할 때
둥둥 둥둥 힘차게 북을 울려줄 수 있도록
그 전투에서 깊은 상처를 입었을 때
그대가 다시 빠르게 회복할 수 있도록
그러나 도저히 치료할 수 없는 부상을 당했을 때
고통과 슬픔의 밤을 노래로 달래줄 수 있도록
아, 마지막으로 한 명의 얼굴을 더 추천해요
지상에서의 삶이 제아무리 비극일지라도
천상의 미소를 지을 수 있는
신의 얼굴을, 또는 어릿광대의 얼굴을
어쩌면 그 둘은 하나일 테지만

우리가 무엇으로 세상을 바꿀까

우리가 무엇으로 세상을 바꿀까

총과 칼, 대포와 비행기로?
그것은 기껏해야 지도나 바꿀 뿐인데

종교와 기도?
그들 또한 영토를 넓힐 뿐
죽은 후에 갈 수 있다는 거대 신성 제국

시와 노래와 춤?
아마도 집시가 왕위에 오른다면 가능할 테지

과학과 기술?
옛날이 더 살기 좋았노라는 목소리를 그대는 듣지 못했는가

그렇다면 우리가 무엇으로 세상을 바꿀까?
탐욕과 증오, 부정과 불의, 모순과 허위의 세상을

자각으로!

그 모든 것들이 내 안에 있었고
나의 몸 속에서 밖으로 내보내진 것임을

그들이 나의 자식임을!

불꽃을 꺼트리지 말라

삶과 죽음,
그 영원한 비밀의 성으로 들어가려
세상의 끝에서 끝까지 방황하였네

생의 끝에 이르러서도
열쇠를 찾지 못해
슬픔과 분노에 젖어 있던 날,

밤의 침묵을 뚫고
태양과 별,
우주의 푸른 목소리가
엄숙하게 그러나 다정하게 귓가에 들려왔네

'불꽃을 꺼트리지 말라.'

지금 낯선 길 위를 걸어가는 그대에게
나의 열쇠를 건네주느니

'불꽃을 꺼트리지 말라. 바람에 맡겨라. 춤을 춰라.'

촛불을 켜자

그대여, 촛불을 켜자
밤이 너무 어둡구나
사람들이 집으로 돌아갈 수 있도록
가족이 함께 모여 저녁을 먹을 수 있도록

그대여, 촛불을 밝히자
세상이 너무 춥구나
사람들이 겨울을 이겨낼 수 있도록
찬바람에 손과 발이 얼어붙지 않도록

태양보다 별빛보다 그 불빛 약하지만
십만 백만의 촛불이 모이면
새벽과 봄이 오는 길목
환히 불밝힐 수 있으니

그대여, 우리 함께 촛불을 들자
그대여, 우리 함께 촛불을 높이 들자

딱 한 일

그것은 딱한 일
시간의 강물을 떠내려가며
나뭇가지를 붙잡으려 애쓰거나
작은 바위에 올라서려 안간힘을 쓰는 일

그것은 딱 한 일
나무와 통과 부유물을 모아
뗏목을 만들고
오리와 돼지와 사람들을 태우는 일

그것은 쉽지 않은,
굳은 의지와 궂은 노동이 요구되는
딱한 일

그러나 시간의 강물에서
그저 마냥 떠내려가지 않고 할 수 있는
딱 한 일

두꺼운 책

새벽마다 내 영혼에
종을 울리는 스승이 있다

책을 펴라, 읽어라

밤이면 다시
종을 울리는 스승이 있다

책을 덮어라, 기도하라

그러면 나는 생각하지
오, 세상이란 얼마나 두꺼운 책인가
나는 그 책에 오직 한 번만 적혀 있는 단어에 불과하리

그렇지만 나는 또 생각하지
만약 나와 같은 단어들이 없다면
그 책은 존재하지 못하리

나는 스승에게 다짐하지
마지막 페이지까지 읽고 떠나지는 못 하겠지만
한 글자 한 글자, 한 문장 한 문장마다
애정을 다해 읽겠노라고

두 스승이 있다

사랑이 인간을
파괴하는 건 당연한 일
그가 세상을 창조하였으므로

인생에는 두 스승이 있다
한 스승은 붙잡아라, 말하고
다른 스승은 내려놓아라, 말하지

제자여, 어느 스승을 따를 텐가
한 스승의 이름은 오늘,
다른 스승의 이름은 영원이거늘

인간이 사랑을
망치는 건 당연한 일
그에게는 언제나 두 스승이 있으니

문

문을 열 것
밖으로 나갈 것, 또는 안으로

방향은 중요하지 않음
닫혀 있는 것을 연다는 것이 핵심

문을 닫을 것
건너온 곳으로 다시 돌아갈 수 없도록

그것이 제1의 법칙

꿈의, 사랑의, 생의,
운명을 거는

누가 북을 울려줄 것인가

슬픔의 날들이 지나가지 않을 때,
한 슬픔이 지나가고 더 큰 슬픔이 찾아올 때,
그 슬픔이 아주 오래 곁에 머물 때,
누가 노래를 불러줄 것인가

그래도 살아야 한다고,
지나간 날들은 모두 이미 지나간 것이니
다가올 날들만 생각하자고,
그 날에 어떤 일들이 일어날지는
결코 아무도 모른다고,
누가 목소리를 높여 노래 불러줄 것인가

사람들이 절망으로 쓰러질 때,
굶주림과 질병, 재난에 무너질 때,
가혹한 운명의 장난 앞에 절규할 때,
더 이상 아무런 희망이 남지 않아
삶과 죽음의 문턱을 넘나들 때,
누가 그들을 위해 북을 울려줄 것인가

신이 침묵을 지키고 있을 때,
정치인과 부자들이 표와 돈을 세고 있을 때,
법과 제도가 견고한 성 안에서 잠자고 있을 때,

자본주의와 욕망이 앞만 보며 달리도록 채찍질할 때,

둥둥 둥둥 둥둥 둥둥

누가 힘껏 쳐줄 것인가
우리 영혼의 북이 찢어질 때까지

II

막차나 놓치며 살아야겠다

지류支流

강으로 향하며, 개울은 슬펐네
주류主流가 아니었음에

그러나 모든 강은 바다의 지류 아니던가

개울은 우당탕 달려갔네
기쁨의 콧노래를 부르며

모든 바다는 저 높은
흰 구름의 지류 아니던가

흰 구름이야말로
나의 지류 아니던가

막차나 놓치며 살아야겠다

첫차나 기다리며 살아야겠다
가본 적 없는 곳 하나 점찍어 두고
만나본 적 없는 사람 만날 생각에
실컷 잠이나 설쳐야겠다

아무 곳에서나 불쑥 내려
저만치 멀어져가는 차를 향해
반갑게 손이나 흔들어야겠다
낯선 거리를 걸으며
얼토당토 않은 삶이나 서먹서먹 찾아야겠다

경적과 기적과 뱃고동 소리,
끝없이 세상에 울려퍼지는데

막차나 놓치며 살아야겠다
돌아가야 할 곳에 돌아가지 못하고
만나야 할 사람 만나지 못하며
그것참, 그것참, 섭섭히 웃으며 살아야겠다

이제 나는 용사가 아닙니다

매일 아침,
평화 속에 눈뜨게 하소서

떠오르는 태양,
뜨거운 심장, 끓는 피는
보다 젊은 벗들에게 내려주시고
창 너머로 들려오는 새소리,
은은한 꽃 향기, 따스한 차 한 잔의 아침을
내게 주소서

이제 나는 용사가 아닙니다
도시에도 속해 있지 않습니다
장미보다 국화를 좋아합니다

매일 밤,
나를 안식 속에 잠들게 하소서

희미하게 반짝이는 별빛을 바라보며
나지막한 밤의 콧노래를 들으며
내 이마를 짚는 따스한 손길을 느끼며

평범한 기쁨 속에
나를 눈감게 하소서

최후의 전쟁

인생이라는 전쟁터 한 구석에
장미꽃 한 송이가 피어 있다

그 향기를 맡을 것인가, 맡지 않을 것인가

지금 사방에는 포탄이 떨어지고
총알이 쉴 새 없이 날아들고 있는데

바로 옆에서는 다른 병사들이 피를
흘리며 죽어가고 있는데

그 향기를 맡을 것인가, 맡지 않을 것인가

그것이 최후의 전쟁

무단 횡단 금지

하부 부식이 심해
차체가 주저앉을 수 있으니
장거리 운전은 절대 삼가할 것

16년 8개월의 세월 동안
목숨을 의탁한 자동차 트렁크에
정비공업사 사장의 신신당부를
가득 싣고 돌아오다
신호등에 걸려 멈춰섰을 때 보았다

무단 횡단 금지!

마음이 깨닫기를
어리석게도 내가 저 글귀를
적어놓지 않았구나
깊은 후회 속에 비치는 한 줄기 서광이여

보아라,
슬픔이여, 상처여, 눈물이여,
여기 내 가슴에 붉고 굵은 글씨로 적어놓으니
너희는 절대로 절대로 어기지 말 것

무단 횡단 금지!

어이 없다, 웃을 이도 있겠다마는
그의 심장 또한 부식이 심해
땅에 주저앉지 않으려 안간힘을 쓰는 사람이
무슨 짓인들 못하겠는가

아무래도 생은 녹록지 않거늘
그래도 마음의 녹은 벗겨야 하겠거늘

폐차

17년, 28만 8천 킬로 운행
오른쪽 사이드미러 파손
수리 비용 18만 원

고쳐봤자 돈만 아깝지
여기저기 계속 고장날 건데

요양병원 병실 안에서
저음의 목소리가
휴대폰에 대고 죽음을 조언하고 있다

침대 위에 누워 있는 노후들
등 돌리고 숨 죽인 채
귀를 기울인다

시장 만세!

시장은 아름다워라
눈에 보이지 않는 영혼도 팔고
몸 속 장기도 판다는데
나는 가난이나 팔겠네
돼지고기 한 근 값이야 쳐줄 테지
수십 년도 더 지난 골동품인 걸
집으로 돌아와
김치찌개를 끓여
삐약거리는 입들에 넣어주면
어린 가난들이 이상하다는 듯 묻겠지
아버지, 이게 웬 고기랍니까
그러면 나는 뽐내는 표정을 지으며 말하리
이제 우리가 가진 것은 남김없이 모두 팔았다
기뻐하자, 앞으로는 살 일만 남았다
시장은 눈부셔라
집도 사고 땅도 사고 차도 사고
심장도 사고 간도 사고
사랑도 사고 졸업장도 사고 표도 살 수 있다는데
그대여, 활짝 웃으라
이제 우리도 살 일만 남은 것이다
무슨 수를 써서라도
어떤 방법을 동원해서라도

아무도 거들떠보지 않아도
끝까지 살 일만 남은 것이다
마침내 우리가 세상을 도매금으로 후려쳐 살 것이니
무엇이 두려우랴,

시장 만세!

소나무여, 미안하네

생의 남은 날들에는
더 이상 옷과 신발, 모자 등을
사지 않을 것

2023년 3월, 삶의 무게가
너무 무거워 결심하였다

욕심, 걱정, 체면,
모두 훌훌 벗어던지고 싶은데
알량한 영혼이 곧잘 어깃장을 놓아

그래, 껍데기가 바뀌면 알맹이도 바뀌겠지
공작의 깃털로 어찌 백로의 삶을 꿈꿀 것인가

그러잖아도 지구가 점점
우주 속으로 가라앉고 있다는데
지구의 몸무게도 줄여주려
두서넛 껍데기로 살기로 했다

소나무여, 미안하네
자작나무여, 용서하시게

반의 삶

반만 있어도 되지 않을까

반의 반만,
반의 반의 반만,
반의 반의 반만 반만 있어도,

이미 반은 지났는데
이제 반밖에 남지 않았는데

반을 떼어내도
다시 완벽하게 동그란
물방울처럼 살 수 있지 않을까

도마뱀이 꼬리를 떼어내고
살아가듯
보름달이 반을 떼어내고
반달이 되듯

반은 뚝 떼어내 버리고,
반의 삶을 살아도 되지 않을까

귀를 기울인다

모두 버리고 살아,
꽃들이 꼭 이렇게 말하는 것 같아서

모두 비우고 살아,
새들이 꼭 이렇게 말하는 것 같아서

높은 하늘을 바라보며
귀를 기울인다

별을 바라보며
귀를 기울인다

모두 벗어버리고 살아,
바람이 꼭 이렇게 말하는 것 같아서

밑줄을 긋다

기억해야 할 것들이 아니라
잊혀져도 모르는 것들에게
반짝이는 사람들이 아니라
눈길조차 가지 않는 사람들에게
두 줄 수평선으로
받침대를 만들어 줄 것
돌아보면 나에게도 밑줄을 그어준 사람
하나쯤 있었을 테니
그리하여 바닥으로 쓰러지지 않았을 테니
이 세상 약하고 흔들리는 것들에게
밑줄을 그어줄 것
사랑하자, 함께 살자, 밑줄이 되자,
꾹꾹 눌러 밑줄을 그어줄 것

늠름한 허름

얼마나 많은 슬픔이 드나들었나
이제는 구옥이 돼버린
허름한 몸 한 채,
그 안에 반듯이 앉아 생각하네

허름한 삶을 살아야지
풍요나 풍족은 멀리 두고
허름한 옷, 허름한 식사, 허름한 인정을 즐겨야지

긴 세월 얼마나 많은 기쁨이 드나들었나
이제는 그래도 좋을 나이
이제는 그래야 좋을 나이

마음의 허름은 벗어버리고
허름의 부유함을 즐겨야지
늠름한 허름을 살아야지

지구의 인간들에게

꽃을 피우는 것이다

비를 내리는 것이다

천둥과 번개를 치는 것이다

열매를 맺게 하는 것이다

단풍으로 다시 색칠하는 것이다

눈을 퍼붓는 것이다

자신의 목소리를 들려줄 방법이 없어
신은 애타게 노력하는 것이다

이봐, 제발 좀 주의를 기울여봐
이렇게 많은 것들을 너희에게 줬다고

가을이면 별은

가장 가까운 이웃이라야
한번 찾아가는 데
수십 광년

멀리서 안부라도 전하고자
등불을 켜는 것이다

우주가 최근 부쩍 조용해진 것 같다고
눈을 깜빡이는 것이다

사람들아,
너희 마을은 어때?

연달아 별빛 전보를 보내는 것이다

품

산다는 거
품을 파는 일이지만

사랑한다는 거
품을 내주는 일인데

파는 일에만 마음 뺏긴 채
아등바등 살고 있는 건 아닌지

몇 사람에게나 선뜻
품을 내주었는지

그 품 따스해
밥공기라도 품을 만한지

그 품, 제법 넓은지

마음띠

먼 길을 가려는 사람은
신발끈을 꽉 졸라매야 한다

배움에 뜻을 둔 사람은
머리띠를 꽉 졸라매야 하고

아끼고 절약하려는 사람은
허리띠를 꽉 졸라매야 한다

그대여, 오늘 두 칸만
더 줄여보는 건 어떻겠는가

욕심 없는 삶을 살려는 사람은
마음띠를 꽉 졸라매야 한다

흰흰흰

느린 걸음으로 느릿느릿 가네
흘러가기 싫다는 듯
머물고 싶다는 듯

바람은 모두 어디로 갔을까
격렬하게 휘몰아치던
순간순간 방향을 바꾸던

빗방울 한 방울 품고 있지 않은
솜사탕처럼 달콤한 추억에 젖은
머리부터 귀밑까지
흰 흰 흰 구름

푸른 하늘을 지나가네
푸른 하늘을 건너가네
흰 흰 흰 마음을 끌고 가네

가장 큰 슬픔이

그대여, 우리 슬픈 날에는

별로 쓰여진
밤의 문장들을 읽자

그 영원한 암호를 해독하려 애쓰며
새벽을 맞자

비록 그 문장들이 과거의 책일지라도
반드시 거기 적혀 있으리라

신이 남긴 마지막 유언이
은빛 연어처럼 은하수를 헤엄치고 있으리라

– 사람아, 땅의 언어들아, 글자가 지워지기 전에 눈물을 그치렴, 너희는 내가 가장 사랑하는 문장이니 '가장 큰 슬픔이 가장 빛나는 별이 되리라'

꽃의 손금을 읽다

꽃을 보면 안다
허공에서 얻은 몸은
허공에 버려야 한다는 것을

배가 땅 위에서 난파할 운명이로군요
손금이 젖지 않도록 조심하세요
주먹을 쥔 채 잠자리에 눕나요?
별에 가까울수록 실금도 많아지겠어요
괜찮아요, 신이 읽는 건 얼굴에 새겨진 주름이니까

4월,

꽃의 손금을 읽는 달, 꽃의 지문을 이마에 새기는 달, 꽃의 입술에서 불을 훔치는 달, 꽃의 뿌리를 위해 무릎을 꿇고 기도하는 달,

어떤 슬픔은 지문처럼 새겨지고
어떤 지문은 꽃이 된다

10월 예찬

인간이 신이 될 수 있는
유일한 달이여!

신이 인간과 함께 걷는
단 하나의 달이여!

사계四季

온난화의 영향으로
여름과 겨울만 남고
봄과 가을은 사라질 수도 있다는데

우리네 마음속,
이미 그런 건 아닌지

너와 나,

여름과 겨울 중에서도
단 한 계절만 남은 건 아닌지

우리는 얼마나 멀리 왔는가

우리는 얼마나 멀리 왔는가
우주의 태초로부터
인류의 출현으로부터
개인의 탄생으로부터

비단 시간뿐만이 아니라

순수로부터
열정으로부터
고결한 사랑의 품과
인간이라는 본질의 중심부로부터

우주의 팽창보다 더욱 격렬한
욕망과 제도, 이념의 팽창에 휩쓸려
우리는 지금 얼마나 떠내려가고 있는가

무지를 위해

말해다오!

어느 책에 쓰여 있는지
어느 학교에서 가르치는지
어떤 스승에게서 배울 수 있는지

내가 기꺼이 금과 은을 지불하리라
이 세상 가장 깊이 있는 지식
이 세상 진정 가치 있는 학문

무지를 위해

눈물의 변증법

그것은 최초의 신호,
삶이 시작되었음을 알리는

그것은 생명의 증거,
무덤에 누운 자는 결코 불가능한

그것은 영혼의 피,
그 안에 불을 품고 있는

그것은 바다,
이따금 용이 출몰하는

그것은 호수,
마침내 연꽃이 피어나는

그것은 신이 준 소금,
너희가 썩지 않기를 바라노라

그러니 우리는 배워야 하리
우는 기쁨을

기쁘게 울지

울다 지쳐, 나는 떠났지

고여 있는 물은
썩기 마련이라기에

산과 들, 도시를 지나
바다에 이르렀을 때
마침내 나는 깨달았지

고여 있는 물이
썩는 게 아니라
소금을 품고 있지 않는 물이
썩는다는 것을

이제 나는 기쁘게 울지
소금이 얻어질 것이기에

다 행복하라

하늘은 사람들을 위해
푸른 미소를 띄우고

나무는 잎과 가지를 흔들며
다정히 인사하네

새들은 축복과 위로의 노래로
우리를 고양하고

꽃들은 메마른 삶에
달콤한 향기를 뿌려주네

너무 인간적인 관점 아니냐고?
그러니 우리도 그들을 위해 기도해야지

살아 있는 것은, 존재하는 것은
다 행복하라고*

*법정 스님 "살아 있는 것은 다 행복하라."

그러나 사랑이여

너는 모든 것을 너에게 내어주라 말한다
진실한 마음, 순수, 열정, 헌신

그러나 사랑이여,
이미 너의 것인 자가 무엇을 더 줄 수 있겠는가

너의 종이요, 하인이요, 신하인 자가

물의 사랑

빗방울에서부터 시작된다거나
땅에 부딪치는 고통을 견뎌야 한다거나
계곡의 돌 틈을 지나가야 한다거나
낮은 곳으로 흘러가야 한다거나
더럽혀진 것을 씻어줘야 한다거나
오래도록 먼길을 흘러야
깊은 바다에 이를 수 있다거나

그러나 현대적으로 말하자면
두 개의 수소와 한 개의 산소가 만난다는 것
누군가는 두 배의 심장이 필요하다는 것
끓어오르면 휘발되어 버릴 수 있으니
부디 차분해지라는 것
무엇보다 그대가 수소는 아닌지
생각해보라는 것

죽음에 대하여

그것은 잊혀질 권리,
소문과 의심, 질시와 비난으로부터

그것은 잊을 권리,
소문과 의심, 질시와 비난을

그것은 기억될 권리,
보다 인간적이며 풍부한 자질을 갖췄던 인간으로

그것은 기억할 권리,
보다 아름답고 사랑만이 가득했던 세상으로

그것은 사라질 권리,
욕망과 슬픔, 분노와 두려움으로부터

그것은 사랑할 권리,
죽음을 앞두고 다시 한 번 뜨겁게 삶을 사랑할

그것은 마지막 권리,
인생의 권리 장전에 찍는 마침표

내 이제 모든 권리를 내려놓느니
영원과 침묵 속에 편히 잠들 의무를 다오

지상에서의 마지막 인사

지상에서의 새 하루가 찾아온다
마지막일지도 모를 아침,
나는 어떤 간판을 내걸어야 하나

간절히 살겠노라
아끼지 않겠노라
더욱 따뜻이 껴안으리라

지상에서의 또 한 밤이 찾아온다
마지막일지도 모를 저녁,
나는 어떤 등을 내걸어야 하나

지구여, 아름다웠습니다
삶이여, 수고했습니다
여러분, 모두 안녕하세요

지상에서의 마지막 인사를 미리 적어둔다
사랑이여, 네가 있어 천상의 삶을 살다 간다

거미

허공이야말로 가장 명료한
삶의 터전이라는 것을

삶과 죽음은 언제나
한 공간에 머문다는 것을

숨죽이고
기다려야 한다는 것을

단숨에 끊어야 한다는 것을

빗방울과 이슬만 걸리는 날이 더 많다는 것을

그러나 모든 죽음은
존중받을 가치가 있다는 것을 알기에
실을 둘둘 말아 장례를 치르며
줄타기를 하는 것이다

죽이며, 살며, 품위를 갖추며

죽음

불이여,
물이여,
흙이여,
공기여,

나 이제 그대들
자궁 속으로 돌아가노라

비

누가 쏘는 공포탄인가
겁에 질려 하늘을 향해 소리친다

네네! 잘 알고 있어요!
시간이 얼마 남지 않았다는 걸!

이제 곧 죽음이 진짜 탄환을 발사할 테지
나도 재빨리 방아쇠를 당긴다

비애의 심장을 관통할
내 맑은 슬픔

국화 앞에서

한 송이 국화꽃을 피우기 위해
국화는 그 많은 전쟁을 묵묵히 치렀나 보다

한 방울의 물이라도 더 빨아들이기 위해
비와 바람에 쓰러지지 않기 위해
진딧물과 벌레를 물리치기 위해
더 많은 벌과 나비를 유혹하기 위해

봄부터 가을까지
천둥보다 더 큰 목소리로
힘차게 울었나 보다

마침내 누이처럼 시들어
고개를 떨구고 땅만 바라보다
무서리 위로 훌쩍 내려앉나 보다

수수한 전쟁 하나 마치고
마침내 대지에 평화를 입맞추나 보다

슬픔은 옷과 같은 것

슬픔은 옷과 같은 것
오늘 입은 옷을
내일 다시 입지 말 것
불행은 신발과 같은 것
처음에는 불편하지만
오래 신을수록 편해지는 것
행복은 모자와 같아
바람이 불면
날아가지 않도록 꼭 붙잡아야 하고
영혼이란 속옷과 같아
금세 때가 타니
하루에 한 번은 갈아입어야 하네
그러니 결국 삶이란
옷과 신발, 모자와 속옷에 관한 일
그쯤이야 우리가
늘상 즐겁고 손쉽게 하는 일 아니든가

꽃으로 먼 길 돌아가길

죽음이란 꽃,
일생에 한 번 피어난다

그 꽃 위해
땀과 눈물 흘리고
때로는 피로써
뿌리 적셔주는 것이니

마침내 몸 벗을 기쁨에 젖어
영원의 향기 퍼트리며
생의 가지 끝에서 피어난다

그대여, 꽃망울 잘 간직하시라
백 년에 한 번밖에 피우지 못 하니

꽃으로 살고 싶던 사람
꽃으로 먼 길 돌아가길

행복

그것은 한 마리 새

어느 날은 날개가 비에 젖고
어느 날은 폭설이 세상을 뒤덮어
낟알조차 못 구해 굶주리며 떠네

어느 날은 뱀에 쫓기고
어느 날은 불을 피해 달아나야 하네

그러나 그는 노래하네
만약 당신이 뿌리 깊은 나무라면
나는 그 가지를 떠나지 않을게요

만약 당신이 키 큰 나무라면
나는 그 우듬지에 둥지를 지을게요

만약 당신이 스스로 잎과 꽃을 무성하게 피우면
언제든 나는 다시 돌아올게요

추석

오가는 길 힘들지만
토끼들은 달나라까지 간답니다

입방아는 조심조심
송편은 온 가족 함께

추석에 보름달이 뜨는 건
어두운 곳 조금 더 밝혀주려는 뜻

더도 말고 덜도 말고 한 가지 소원만 빌어요
내 안에 늘 보름달이 떠있기를

헤어지는 길 멀지만
사랑하는 마음은 달나라까지 간답니다

꽃과 무지개만을 내려주소서(결혼 축시)

영원의 한 순간에 만났습니다
우주의 작은 별에서 만났습니다
팔십억 명이 넘는 인류 중에
단 두 사람이 만났습니다
이 놀라운 기적을 우리는 사랑이라 부릅니다

서로를 향해 조금씩 다가섰습니다
따뜻한 햇볕을 쬐어주고
시원한 바람을 쐬어주고
메마르지 않도록 물을 뿌려주었습니다
그 사랑의 씨앗이
이제 결혼이라는 한 송이
어여쁘고 설레임 가득한 꽃으로 피어납니다

신부여, 신랑이여
오늘 두 사람은 이 세상 가장 아름다운 꽃입니다
오늘 두 사람은 이 세상 가장 빛나는 별입니다
오늘 두 사람은 이 세상 가장 행복한 여행자입니다

부디, 두 손을 놓지 마세요
사랑의 이름으로
부부로 맺어지는 것이니

사랑의 힘으로
부부라는 두 글자를 굳게 지키며 걸어가세요

장미꽃이 비바람을 이겨내듯
동백꽃이 눈보라를 이겨내듯
삶에 찾아오는 역경과 시련을
사랑의 힘으로 함께 이겨내세요

시간이 흘러도 결코 식지 않도록
지금 가슴속에 가득 차 있는 사랑을
생의 마지막 날까지 뜨겁게 간직하세요

그리하여 인생이라는 여행의 끝에서
두 사람의 맞잡은 손이 더욱 따듯하기를
서로를 바라보는 눈에 감사와 행복만이 가득하기를

하늘이여, 땅이여, 바다여,
이제 신부, 신랑이 함께 걸어갑니다
오직 그 길에 꽃과 무지개만을 내려주소서

III

새는 알 속에서 기다린다

새는 알 속에서 기다린다

해는 아침에 뜨고
별은 밤에 뜬다

해바라기는 새벽에 깨고
달맞이꽃은 저녁에 깬다

독수리는 낮에 날고
올빼미는 밤에 난다

진달래는 봄에 피고
동백은 겨울에 핀다

포도는 여름에 여물고
사과는 가을에 여문다

친구야,
우리의 때를 기다리자

새싹은 씨앗 속에서 기다리고
새는 알 속에서 기다린다

청춘

청춘은 씨앗과 같은 것,
무엇이 돋아날지 알 수 없는

청춘은 알과 같은 것,
무엇이 태어날지 알 수 없는

청년이여,
너희는 아직 빚어지지 않은 점토

신이 무엇을 만드는 중인지
그 누구도 알 수 없으니
그 무엇도 두려워 말자

춤추는 꽃이 만들어지리라
날개 달린 사자가 만들어지리라

청년 블루스

칭, 청, 푸를 청
우리는 푸르지 않아
검고 우울하지
잿빛이고 슬프지
힘들고 고통스러운 레드지

청, 청, 바랄 청
아무것도 요구하지 마
우리는 우리가 원하는 삶을 살 테야
우리가 하고 싶은 일을
우리의 방식으로 해나갈 테야

청, 청, 맑을 청
하늘도 바다도 나무도 모두 파란 색
그렇지만 우리는 맑은 색
미소도 눈물도 사랑도 투명인 색
잠깐 나타났다 순식간에 사라지는 색

가자, 친구들아,
우리의 노래를 부르며 저 멀리 뛰어가자
시간이 우리를 앞지르기 전에

신인류

모든 청년은 신인류
그들은 언제나 새로운 부족
그러니 구세대는 길옆으로 비켜설 것
그들이 북을 울리며 행진할 수 있도록
박수와 환호로 격려할 것
그들이 우리의 미래요, 역사의 희망이니
절대로 비웃거나 힐난하지 말 것
그들이 우리의 과거요, 역사의 그림자니
청년이여, 파괴하라!
청년이여, 도약하라!
청년이여, 왕관을 써라!
결코 기억하지 말라
이전의 모든 세대들이
한때는 청년이었다는 것을
오직 한목소리로 힘껏 외쳐라
인간은 죽었다, 우리가 대를 이을 것이다
신인류여, 부디 세상을 지배해다오
지칠 줄 모르는 열정과
무모한 용기와
자신을 헌신짝처럼 내던지는 사랑으로
인류의 씨앗을 지켜다오

죽음을 생각하는 아이에게

네가 삶의 고통과 싸울 때
우리가 어떤 위로의 말을 건넬 수 있을까
네가 죽음의 유혹에 사로잡혀
깊은 밤 잠 못 이루고 괴로워할 때
우리가 어떤 용기의 말로 너를 구할 수 있을까

모든 것은 지나간다, 사람은 누구나 똑같다,
인생이란 원래 그렇다, 마음먹기 나름이다,
살다보면 좋은 날이 찾아온다,
그 모든 말들이 아무런 소용 없을 때
우리가 어떤 언어로 너를 지옥에서 꺼내줄 수 있을까

슬픔이 끝없이 밀려오고,
절망이 목까지 차올라 숨쉬기조차 힘들어
네가 죽음의 입구에 한쪽 발을 들여놓을 때
우리가 어떤 다급한 외침으로 나머지 한 발을 막을 수 있을까

아이야, 조금만 시간을 줘
우리도 아직 그 방법을 모른단다
그러니 우리 함께 이야기해보자
네가 생각하듯이
세상이 얼마나 모순투성인지

인생이 얼마나 비참한지
인간이 얼마나 나약한지
우리 함께 화를 내자

그리곤 들어다오
우리가 어떻게 죽음의 입구에서 돌아왔는지
이제는 슬픔과 절망으로부터 벗어났는지
무엇을 꿈꾸며 인생을 살아가고 있는지

그러나 그 무엇보다도
우리가 너를 얼마나 사랑하는지
고통받고 있는 너의 영혼을 생각하며
우리가 얼마나 뜨거운 눈물을 흘리는지 들어다오

아이야, 조금만 기다려 줘
너를 다시 우리의 품으로 데려올 수 있도록
우리가 너와 함께 슬퍼할 수 있도록
우리가 너와 함께 아파할 수 있도록

상처 받는 사람들을 위한 노래

누군가 칼을 휘두르리라
그대가 종이라면 찢어질 것이고
그대가 물이라면 변함 없으리라

누군가 화살을 쏘리라
그대가 나무라면 심장에 박힐 것이고
그대가 바위라면 튕겨나가리라

영혼은 햇살 또는 바람 같은 것
얼음으로 햇살을
얼릴 수 있는 자 없고
손안에 바람을 쥐고
마음껏 주무를 수 있는 자도 없다

누군가 침을 뱉으리라
그대가 성냥불이라면 꺼질 것이고
그대가 횃불이라면 계속 타오르리라

만약 그대가 태양이라면 가까이 닿지도 못하리라

비의 날

비의 날이다

빗방울이 위로부터 아래로
맺혔다 커졌다 이윽고 추락하는,
기어이 멸망하는 창,
저편 세상을 늙은 개처럼 바라보다

"참, 많이 익숙해졌군"

물고기처럼 수면을 뚫고 날아오르는 당혹감에
순간, 마음이 물기에 젖는 건
아직 어딘가에 햇살이 남아 있다는 뜻일 게다

나무가 서늘한 눈빛으로 말을 건다

"이렇게 꼼짝 없이 한자리에 서서 비를 맞아야만 하는 마음을 아니?"

흐른다, 건너간다, 돌아온다, 멀다, 눕는다,

"나무야, 기다림도 없이 일생을 불길 속에서 타들어가는 마음을 아니?"

비의 날이다, 나무는 젖어서 서럽고, 나는 꺼지지 않아서 서러운 날, 우리는 서로의 방식으로 머리를 흔든다, 우리는 삼인칭이다, 행인이다, 그러나 그 또한 몸짓이었으므로,

나무야, 비의 날이다, 우리의 날이 아니다, 비를 위해 노래를 부르자, 오늘은 비의 날, 그러나 비는 또 얼마나 적막한 것이냐,

"수십만 년을 씻겨도 아직 검은, 아직도 씨앗 속에 있는 너희들을 바라보는 나의 슬픔을 아니?"

오늘은 비의 날, 나무야, 우리가 그의 슬픔을 위해 함께 울자, 맺혔다 커졌다, 이윽고 추락하는, 기어이 멸망하는 눈물로,

다시 내일을 맞자, 낯설게,

선풍기

날개가 있다고
모두 하늘을 나는 건 아니지
일생을 바닥에 주저앉아
뺑글뺑글 속력을 올려보지만
창공은 영원한 불가침의 세계

하늘을 날지 못한다고
모두 날개를 버리는 건 아니지
생의 열기에 지친 사람들의
이마와 가슴에 맺힌 땀방울
서늘히 식혀주는 일 또한
지상에서의 신성한 헌신

한 계절이 끝나면
날개마저 떼어진 채
모든 움직임을 멈추고
어둠 속 한 구석에 놓여지겠지만
그것이 바로 삶과 죽음

그리고 그것이 바로 우리가
늘 그의 앞에서 머리를 숙이는 이유
날아오르지 못해도 날갯짓을 멈추지는 않겠노라고

단풍은 나의 훈장

나는 해야 할 일을 모두 다하였노라

첫사랑부터 마지막 사랑까지
온 힘을 다해 붉었다

이별도 나를 원망하진 못하리
그의 목에도 금빛 낙엽을 걸어주었으므로

폭풍우와 눈보라를 뚫고 여기까지 왔으니
단풍은 나의 훈장

이제 곧 죽음의 학교에 입학하겠지
삶이여, 네게서 배운 것이 큰 도움이 되기를

마지막으로 남길 말 있네
오늘이 바로 그날이라는 사실
결코 한순간도 잊지 말기를

더 늦기 전에, 라는 바로 그날

즐거운 생각

예수는 드르렁드르렁 코를 골지 않았을까?
마호메트는 잠잘 때 이를 빡빡 갈지 않았을까?
붓다는 변비에 걸려 끙끙거리지 않았을까?
공자는 방귀를 뿡 뀐 적 없을까?
나폴레옹은 바퀴벌레를 무서워하지 않았을까?
알렉산더는 감기에 걸려 콧물을 흘린 적 없을까?
칭기즈칸은 소변을 바지에 흘린 적 없을까?
간디는 무좀 때문에 발가락을 긁지는 않았을까?
링컨은 설사가 심해 화장실까지 달려간 적 없을까?
오, 나의 동생, 교회 오빠, 옆집 아저씨, 꼰대들이여,
당신들을 사랑해야 한다면 바로 그 때문이리

반말의 소유주에게

존대말의 반대는 반말
반말의 반대는 한 마리 말
당신에게 온전한 말 한 마리를 드릴게요
힝 힝 힝 말의 울음과
푸르르 푸르르 뜨거운 콧김소리
바람에 휘날리는 갈기와
힘찬 앞발길질
그리고 응당한 불시의 뒷발길질까지

이것은 시적 표현의 한 갈래
은유와 직유의 형제인 야유
조금 더 쉬운 시로 말하자면
가는 말이 고와야 오는 말이 곱다

이것은 당신을 위한 시
말이 안 통하는, 말이 말 같지 않은, 말이라고 다 말인 줄 아는,
그래도 알고는 있을 테죠
발 없는 말이 천 리를 간다는 걸
저기, 당신 입에서 뛰쳐나온 반 마리 말이
벌써 대전을 지나가고 있네요
잘 있거라, 나는 간다, 반 마리는 남겨놓고

구슬픈 노래를 부르네요

설마 당신이 그분은 아니겠죠
한꺼번에 반 마리 말을 먹어치운다는
눈 하나 깜빡이지 않고, 한입에, 깜쪽같이,
조심하세요, 당신 영혼도 반 마리밖에 남아 있지 않도록
낑낑낑 울며, 당신을 향해 발길질을 하지 않도록
제발 말 같은 소리 좀 하라며

포항

헤가 뜬다

호랑이꼬리 앞바다에 용광로를 쏟아부으며
철의 태양이 떠오른다

이곳은 철의 도시
오백 년, 천 년 영원하리라

이곳은 제철인 도시
땀과 노력이 결실의 열매를 맺는 도시

이곳은 철 없는 도시
꿈과 청춘이 1500도까지 끓어오르는 도시

이곳은 철 모르는 도시
문학과 예술이 일년 내내 꽃피는 도시

인류는 언제나 철이 들 것인가,
구룡포 과메기를 안주로 건배하다
영일대 해변을 맨발로 걸어보라

이곳은 철철 넘치는 도시
우정과 사랑, 미래와 희망이

영일대 해변

바다가 육지 깊숙이 들어온 것을
만灣이라 부르는데
한 사람이 또 한 사람의 가슴 깊숙이 들어온 것을
사랑이라 부른다면
영일만灣이여, 너는 사랑의 푸른 피인가

호주 왈피리족은 숫자를 셀 때
하나, 둘, 많다로 구분한다는데
영일만灣에서 사랑은 셋으로 나눠진다

사랑은 존재하지 않는 것
사랑은 하나가 되는 것
사랑은 가장 깊숙이 들어오는 것

영일대 해변 백사장을 걸어보라
거기 늘상 바다의 필체로 적혀 있느니
사랑은 만灣 하나 만드는 것
사랑은 만灣 하나 생겨나는 것

여수

그 이름만으로도
여수旅愁에 젖게 만드는 도시

그 이름만으로도
마음에 동백꽃 뜨겁게 피어나는 땅

길 위의 삶에 지친 날
잠시 사람의 일들을 내려놓고 달려가
무슬목, 만성리, 모사금,
오동도, 향일암,
태초의 푸른 바다 앞에 서면
묵은 아픔이 썰물처럼 흘러가버리는 곳

그대여 가자,
여수麗水를 즐기지 못한 자
나는 인생을 여행했노라, 말할 수 없으니

시인 정신

– 죄송합니다 제가 좀 바빠서 뵙기가 어렵네요

– 시 쓰는 것 말고 다른 일도 하시나요?

– 그것뿐입니다

– 그런데도 바쁘세요?

– 80억 명을 상대로 하는 일이라서요

詩

시여, 단순해다오
가장 적게 아는 사람도 가장 많이 알 수 있도록

시여, 느끼게 해다오
너의 주파수를 내 심장의 박동에 맞춰다오

시여, 새 얼굴로 와다오
매일 아침 얼굴을 씻고 떠오르는 태양처럼

시여, 번개를 다오
내 눈에서 내 심장까지 천둥을 불러오는

시여, 낮은 곳으로 와다오
그리하여 나를 태우고 높이 날아가다오

시인이여, 써다오
이 세상에서 단 한 편뿐인 시를

시는 나의 북

시는 나의 북

나는 두드린다
강하게 약하게, 부드럽게 격정적으로

인생이란 전쟁터에서
피비린내 나는 전투를 겪고 있는
지상의 모든 인간을 위해
피부색과 종교와 성별과 국적과 신념을 구분치 않고

조심! 포탄이 날아온다
지금이다, 앞으로 돌격!
잠시 쉬어두렴, 곧 다시 공격이 시작될 테니
항복하지 마, 우리는 승리할 수 있다!

나는 기도할 줄 모르니
시는 나의 무기
굳세게 펜을 쥐고
백지 위를 행진하며 둥둥 둥둥 북을 울린다

형제들이여, 동지들이여, 인류여,
살아남으라, 기필코 살아남으라

위대한 스승

팔순을 넘긴 스승이
육순을 넘긴 제자의
시집 출간을 기념하는 축하금을 보내왔다

어이쿠, 돈도 회초리가 되는구나
스승은 생의 어스름에도 큰 가르침을 안겨주는 사람이로구나

울컥, 마음이 쏟아져
밤하늘을 바라보며 기도하느니

별이여, 달이여,
너희들이 없는 암흑의 밤에도
나의 길을 밝혀주는 위대한 스승이 있으니
기필코 나는 그의 아름다운 제자가 되리라

눈물로 다시 다짐하느니
반드시 나는 그의 맑은 샘물 같은 제자가 되리라

*깊은 감사와 존경의 마음으로 김진영 은사님께 바칩니다.

부고訃告

訃告

어제, 양광모 시인이 운명하였습니다. 고인의 뜻에 따라 장례는 가족끼리 치르게 됨을 혜량해주시고 마지막 고인의 가는 길에 명복을 빌어주시면 고맙겠습니다

2018.5.28일
유족 일동

모든 연을 끊으면 그게 죽음일 테지,
죄는 연에서 오는 것이니

종작엔, 끊지도, 죽지도,
살지도 못한 생

저 날엔 세상을 향해
부고를 날릴 줄이라도 알았는데
스스로를 무명하게 죽일 줄도 알았는데
부유하는 것들에게 부끄러움도 없었는데

오늘 다시 내게 보내는 부고訃告
양광모 시인이 그날 실제로 죽었습니다

그런데, 당신의 부고는 언제 도착하지?
아직 살아 있는 거야?

산문 앞을 서성이다

그래, 이럴 줄 알았지,
언젠가는 쓰고야 말 줄 알았어,

똥마려운 강아지처럼, 이 빠진 늙은 개처럼, 며칠 밤낮을 안절부절 끙끙 앓다, 마침내 허둥지둥 내지를 줄 알았지,

겨울 오후 5시, 인적이 끊긴 인대리 자작나무 숲에서 들었던 만년 고요의 흰 목소리를, 와온 바닷가 수십만 평 개펄을 검붉게 물들이며 떨어지던 한 마리 낙조의 불멸의 날갯짓을, 선운사 대웅전 뒤편 동백꽃이 죽어서도 죽지 않고 한 점 흐트러짐 없이 피워내던 열망의 봉오리를, 안개 자욱한 새벽녘 창녕 우포늪에서 맡았던 태초의 푸른 향기를, 양양 한계령 정상에서 막걸리 한 잔을 마시며 가을을 읊을 때 가슴을 찔러오던 잿빛 바위들의 서늘한 손가락을,

언젠가는 털어놓고야 말 줄 알았지, 이렇게 세상을 건너왔노라고, 뼈아프게, 왼쪽 심장에서 쉴 새 없이 몸 밖으로 피가 빠져나가 오른쪽 심장에 쉴 틈 없이 피를 수혈하며 살아야 했노라고,

그래, 도, 다시 나 서성이네

무엇을, 누구를 위해, 이제사 산문으로 들어서려 하나

詩만으로도 십자가와 구원은 넘치는 것을, 詩만으로도 지상 끝까지 북과 나팔을 울릴 수 있는 것을,

머리를 삭발하고, 법복을 입고, 염주를 들고, 108배 1008배 10008배를 할 작심도 아니면서 무슨 의지로 산문을 기웃거리나, 저잣거리에 앉아 소주 한 잔에 저녁이나 읊으면 피안인 것을,

흐린 가을 하늘에 길 하나를 냈다, 지웠다, 이쪽으로 냈다, 저쪽으로 냈다, 높이 냈다, 야트막하게 냈다, 천상의 도로 공사에 분주한,

영혼이여, 수면 위로 떠오르지 말고 잠잠히 가라앉으라, 침잠만이 너의 유일한, 가장 높은 비상이니 어서 몸을 돌려 다시 돌아가자, 은유와 상징, 운율의 사원, 너의 지상 최후의 거소로

당신이 필요하다

당신이 필요하다

시를 사랑하는 이여,
당신이 필요하다

당신의 눈길,
당신의 포옹,
당신의 격려 한마디,
그리고 거친 비난과 손가락질,
당신의 행동이 필요하다

누가 시를 만드는가
시인들이? 아니다, 당신이 만드는 것이다
만약 당신이 없다면
시인들이 어떻게, 왜 시를 쓰겠는가
누가 시를 읽는가
당신이다
누가 시를 죽이고 살리는가
당신이다
누가 시를 보다 위대해지도록 채찍질하는가
바로 당신이다

얼굴도 이름도 모르는,
직업도 성격도 모르는,
단 한 번도 만난 적 없고,
어쩌면 영원히 만나지 못할 당신,
그러나 시를 통해
일찍이 영혼을 함께 나눈,
시인들의 기도의 목록을 알고 있는,
별을 향해 함께 걸어가고 있는,

시를 사랑하는 이여,
이 땅의 시인들에게 갈채와 야유를 보내줄,
미소를 짓고 침을 뱉어줄,
그들의 시집을 찬미하고 땅바닥에 찢어버릴,
당신의 심장이 필요하다
당신의 행동하는 불의 심장이 필요하다

그 심장이야말로
이 세상 가장 위대한 詩리니

영원한 삶을 위한 기도

인생이란 시간의 꽃,
꽃잎이 흩어지기 전
순간순간마다 그 향기를 맡으리라

삶의 전쟁터를 지날 때
한 손에는 총과 칼을 들고 있어도
다른 한 손에는 꽃을 쥐고 있으리라
다른 사람들 그리고 나의 영혼을 위해

사랑을 숭배하되
그의 노예가 되지 않으리라
또한 그를 노예로도 만들지 않으리라
주인과 주인으로, 왕과 왕으로 만나리라

친구를 많이 만들지 않으리라
나의 작은 영혼을 나누려면
셋만 되어도 부족할 테니까
그러나 만약 친구가 넷이 된다면
그들을 위해 나의 영혼을 더욱 성장시키리라

점점 가난하게 살리라
소유를 늘리지 않고 결핍을 늘리리라
물질에 기쁨을 느끼는 영혼은 버리고
하늘과 구름, 햇살과 별빛의 부자가 되리라

행복이란 작은 씨앗,
물을 주고 바람을 쐬어주리라
화려한 꽃이나 무성한 잎에게서가 아닌
새싹이 돋아나는 생명의 기쁨을 맛보리라
모든 불행 속에도 행복의 씨앗이 들어 있음을
잊지 않으리라

마침내 죽음이 찾아오면
힘껏 미지의 문을 열고 나가리라
설사 그 밖에서 한 줌 먼지로 사라진다 해도
나의 기도가 우주를 향해 첫발을 딛을 수 있도록

늠름한 허름

초판 발행 2025년 1월 5일
지은이 양광모
펴낸이 김선기
펴낸곳 (주)푸른길
출판등록 1996년 4월 12일 제16-1292호
주소 (08377) 서울시 구로구 디지털로 33길 48 대륭포스트타워 7차 1008호
전화 02-523-2907, 6942-9570~2
팩스 02-523-2951
이메일 purungilbook@naver.com
홈페이지 www.purungil.co.kr

ISBN 979-11-7267-031-3 03810